U0039990

經典
少年遊

005

水滸傳

梁山好漢

Water Margin
Men of the Marshes

繪本

故事◎王宇清

繪圖◎李遠聰

北宋末年，天下看似太平繁盛。但實際上，朝廷由上而下，貪汙腐敗，官員不僅不保護百姓，反而加以欺凌，人民生活苦不堪言。老天爺像被蒙上了眼睛，關上了耳朵，不理會百姓的哀嘆。

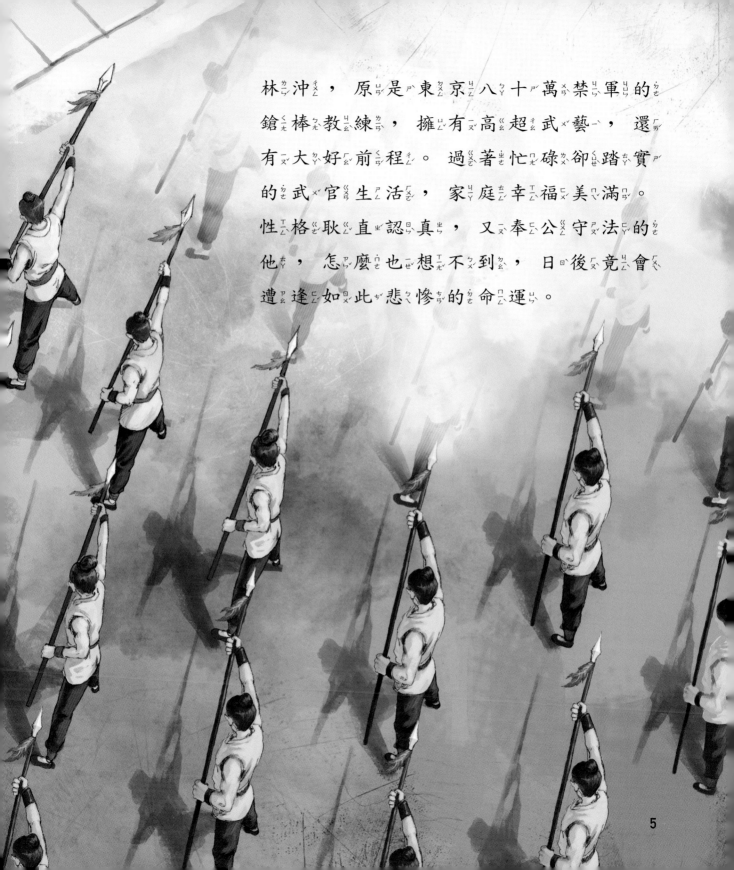

林沖，原是東京八十萬禁軍的鎗棒教練，擁有高超武藝，還有大好前程。過著忙碌卻踏實的武官生活，家庭幸福美滿。性格耿直認真，又奉公守法的他，怎麼也想不到，日後竟會遭逢如此悲慘的命運。

原來， 林沖的長官是太尉高俅， 他的養子高衙內， 非常喜歡林沖的妻子， 還找來林沖的好友陸謙幫忙。 陸謙為了討好高衙內， 用計謀將林沖誘騙到別處， 讓高衙內趁機與林沖的妻子獨處。

幸好林沖及時趕到，解救了妻子。忿怒的林沖想找陸謙報仇，陸謙卻躲在高衙內家中。落荒而逃的高衙內更是嚇得臥病在床。高俅為了讓養子開心，決定採用陸謙的計謀，殺害林沖……

一天，一位落魄俠客來到村中，把傳家寶刀賣給林沖。高俅聽說了，派人邀請林沖到官府來比較兩人的寶刀。怪的是，到了官府，卻不見高俅人影。林沖找呀找，才赫然驚覺，自己竟已踏進「白虎節堂」！

「白虎節堂」是討論軍情的重要機構，任意闖入，可是要處死！林沖發現不妙，立刻準備離開，門外卻已出現了逮捕他的官兵。

「哼！你帶刀來節堂想行刺我，這可是死罪呀！」高俅冷笑說。

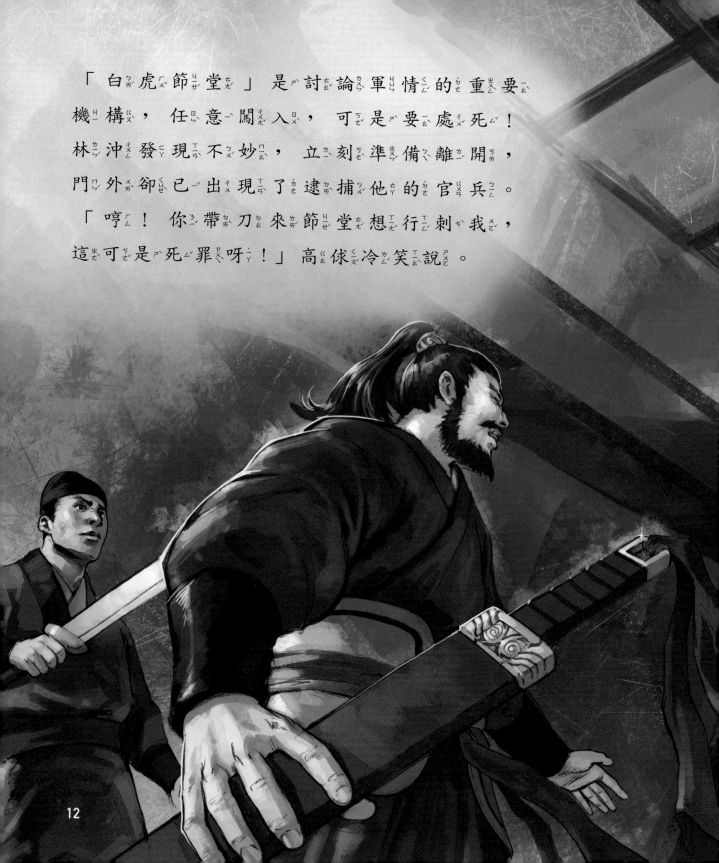

白虎節堂

13

「我沒有意圖行刺！我是被冤枉的！」被帶到開封府審判的林沖，百口莫辯。沒有做錯任何事，卻要背負殺人的滔天大罪，天理何在？所幸，一位名叫孫定的官員，知道高俅仗勢欺人，替林沖說了情。

雖然免去死刑，但帶刀誤入節堂仍
是重罪。林沖先被施以杖刑，打得
皮開肉綻。接著，他的臉上，被紋
上代表犯人的刺青，準備流放到偏
遠又危險的滄州去當守軍。老實的
林沖，只怪自己大意。

臨行前，林沖不忍心讓年輕的妻子在家裡無止境的等待。他強忍著不捨與悲傷，毅然決然解除婚姻關係，讓妻子自由。強忍淚水，沉重的刑具押在身上，林沖帶著滿身的傷痕與心痛，走上流放的旅程。

林沖卻沒料到，他的苦難尚未結束！高俅知道林沖沒被處死，心有不甘，竟又讓陸謙買通了負責押解林沖的官差，要他們在路上謀害他！

不知自己將要大難臨頭的林沖，儘管兩個官差一路欺凌、羞辱，他仍是默默忍受，毫不反抗。這一天，他們將林沖押進了途中的森林深處，並將他緊緊綑綁在樹上。林沖這才發現，原來高俅還沒放過自己……

22

「我們無冤無仇，請放過我吧！我一定不會忘記你們的恩情！」林沖淚如雨下，苦苦哀求。「林沖，不是我們要殺你，我們只是遵從高太尉和陸謙的命令！」官差們仍冷酷高舉棍棒，毫無憐憫。

24

就在林沖快要命喪黃泉、千鈞一髮之際，有人出手相救！原來，是林沖的拜把兄弟——花和尚魯智深。魯智深因為擔心林沖安危，一路追蹤，幸好及時趕到。憤怒的魯智深，恨不得把這兩個敗類碎屍萬段！

正直的林沖，甚至還為獄卒求情，魯智深才沒殺了他們。魯智深希望林沖逃走，但林沖堅持不肯，要遵守法律服刑。儘管不願意，魯智深只好一路監視著獄卒，護送林沖平安抵達滄州才離開。

到了滄州的林沖，被分配看管草料場，也就是儲放馬匹飼料的倉庫，過了短暫的平安時光。某個雪夜裡，林沖到了一間山神廟裡借宿，卻意外發現，陸謙竟然追到滄州來了！

原來，陸謙以為林沖住在草料場內，於是聯合林沖的長官，一起放火，想要燒死林沖。熊熊火光點燃了寒冷的冬夜，林沖再也無法忍受這些陷害與背叛，決定起身反抗。

33

悲憤的林沖，別無選擇，只能殺死陸謙，心裡卻沒有任何報仇雪恨帶來的安慰。他心痛著，自己沒有任何過錯，卻有這麼多人為了私利而背叛、謀害他。人心，為什麼會變得這麼險惡？自己還能相信誰呢？

現在，自己不僅是罪犯，更成為被通緝的殺人犯。林沖百般感傷、萬分感慨。夜空裡，嚴寒的大雪越下越猛，讓林沖更覺淒涼。接下來，該往哪兒去呢？天地雖大，竟再也沒有任何他可以容身的地方了。

一路逃命的林沖，聽說有個叫梁山泊的山寨，收留了許多落魄英雄與盜匪，他或許可以在那裡棲身。暗夜裡的寒風，刺痛了他的骨頭，也刺痛了他的呼吸和胸膛。拖著沉重的身軀，林沖咬著牙，頂著風雪，走向了通往梁山泊的路。

林沖上了梁山，魯智深後來也上了梁山。梁山泊上，一百零八位英雄好漢。每個人都有不同的遭遇，每個人都踏上了這條無法回頭的不歸路，選擇為這個時代裡受到欺負的貧弱百姓，伸張正義。

水滸傳

梁山好漢

讀本

原典解説◎王宇清

施耐庵是中國著名的小說家，但後人對於他的生平所知不多，甚至有人懷疑《水滸傳》作者另有其人。

施耐庵（1296～1372年），原名施彥端，字肇端，元末明初作家，確切生平則缺乏史料為證。一般認為他是中國四大奇書之一《水滸傳》的作者。《水滸傳》描寫官逼民反的故事，也傳達出施耐庵對平民社會生活的關心與同情，以及對朝政腐敗的感嘆。

施耐庵

相關的人物

施惠

關於施惠有兩種說法，一種認為這是施耐庵的另一個名字；另一種認為他是元末明初的南曲戲劇家，字君美，與施耐庵並非同一人。

劉基（右圖）是明朝開國功臣，博通經史天文。他輔佐朱元璋完成帝業、開創明朝並盡力保持國家的安定，與施耐庵是同榜進士。根據民間傳說，劉基受皇帝的命令而去拜訪施耐庵時，發現《水滸傳》並帶給皇帝，朱元璋看過後以為施耐庵計畫謀反，下令逮捕他，施耐庵被釋放後，不久就病逝。

劉基

TOP PHOTO

郭勛

明朝的政治人物，是明朝開國勛臣武定侯郭英六世孫。擅長書法、雅好詩文，但因為官傲慢，得罪了當朝皇帝而被賜死。有人認為《水滸傳》的真正作者是他，但這個說法受到胡適等人的反對。

金聖嘆

明末清初的文學批評家。為人狂放不羈，能文善詩，博覽群書。他的文學思想主要表現在他所評點的「六大才子書」中，其中包括《水滸傳》。他刪改《水滸傳》，使原本的一百回變成七十一回。從他的批評中也可見他對梁山英雄懷著深深的同情。

張士誠

元朝末年反抗元朝的義民軍領袖。施耐庵曾當過張士誠的軍師，而《三國演義》的作者羅貫中也曾擔任他的部下。《水滸傳》中有不少人物與情節被後代學者認為與張士誠的經歷有相似之處。

胡應麟

明朝學者，也是文藝批評家。他最為著名的著作是《詩藪》，將周朝至明朝，依時代為序，對作家、作品進行評論。對於《水滸傳》作者到底是誰的問題，他認為就是施耐庵，現今學者大多支持這個說法。

施耐庵的一生並不順利，不只政治理想無法實現，還曾經因為編寫《水滸傳》而被關入大牢中！

1296 年

施耐庵生平資料較少，也因此不少人懷疑《水滸傳》作者另有其人，也有人認為施耐庵根本不存在。但目前學界傾向認為施耐庵確實存在，大約在公元 1296 年出生。

1331 年

施耐庵在三十六歲時中了進士，同榜的進士還有明朝開國功臣劉基。朝廷派任他為錢塘縣尹，但頗不得志，兩年後辭官，在蘇州辦學授徒。

1353 年

張士誠率領士兵反抗元朝，他的屬下卞元亨據說是施耐庵的表弟。透過卞元亨的邀請、推薦，施耐庵也成為張士誠的軍師。藉由施耐庵的幫助，張士誠從興化到蘇州的戰役都十分順利，但之後兩人意見不合，施耐庵便離開了。

出生

進士

相關的時間

成為軍師

隱居

1357 年

施耐庵離開張士誠之後，先在常熟河陽山隱居教書，之後回到蘇州。據說《水滸傳》大約在這時候編寫完成。

朱元璋崛起

1366 年

張士誠對朱元璋的政權來說是個威脅，朱元璋先打敗張士誠周邊勢力，之後直接進攻張士誠的軍隊，最後終於打敗張士誠，並將他關到南京。但張士誠堅決不肯投降也不願意成為朱元璋的部下，因此在 1367 年被處死。右圖為朱元璋聽從葉兌獻計，攻打張士誠。

TOP PHOTO

海禁政策

TOP PHOTO

過世

1370 年

傳說劉基在施耐庵家中看見尚未完成的《水滸傳》，將它獻給朱元璋。朱元璋認為書中透露出施耐庵有反叛的心理，因此將施耐庵關入監獄。雖然透過羅貫中等人的幫忙，施耐庵在一年多後便出獄了，但虛弱的他仍於不久後病逝。

1368 年

朱元璋在這一年建立明朝，並開始嚴格執行「海禁政策」，禁止沿海民眾進行軍火交易。據說這項政策是出於政治考量，因為張士誠當年占據沿海，暗中與日本海盜進行兵器用品等交易，因此朱元璋打敗張士誠後，便嚴格管理沿海居民的貿易。日本海盜直到明末都是沿海大患，上圖為明末〈抗倭畫卷〉的局部圖。

《水滸傳》描述了許多明朝市井風俗和政治社會百態。
坊間也流傳著許多關於施耐庵的謠言與傳說。

「茶肆」又稱作茶坊、茶屋、茶攤、茶館等，是讓人能在裡面喝茶的店。唐朝開始出現，明朝發展興盛。明朝文人還發展出關於喝茶的特殊風俗，例如擺放工藝品、有裝飾的燈具等。茶肆在小說中也容易成為聚集眾人而發展故事情節的地方，例如《水滸傳》第二十四回〈王婆貪賄說風情，鄆哥不忿鬧茶肆〉。

「明刑弼教」是嚴厲的使用刑法，使人民都能夠守法，以達到倫理教化所達不到的效果。明太祖朱元璋是這句話的嚴格實行者，這也是他為了鞏固政治權力的藉口。明朝監獄刑法制度嚴苛，施耐庵也曾因撰寫《水滸傳》而入獄。

章回小說是近代中國長篇小說的主要形式，由宋元時期專門講歷史的話本發展而來，到明清時期逐漸興盛。它的形式是將全書分為數回，各回的故事具有連貫性且每一回都有回目。《水滸傳》是早期章回小說的代表。

描寫一批受到官府迫害的人，被迫在梁山泊成為盜賊，最後接受朝廷安撫的故事。這在北宋就已經成為民間文學的題材，到了明朝則確定故事樣貌。雖然關於作者有許多說法，但至今大多認為是施耐庵所寫，再由羅貫中整理。

水滸傳

茶肆

相關的事物

明刑弼教

章回小說

武術

《水滸傳》中充滿著各式各樣的武打場面，據說施耐庵本人便精通武術。某個清明節施耐庵在路上遇見不良少年正在搶劫婦女，便上前教訓那些人，他們不服氣的往施耐庵身上丟石頭，但施耐庵卻能用手直接劈開石頭！

占卜是利用自然界的徵兆預測未來，以指示人趨吉避凶。據説施耐庵懂得占卜，他曾幫徐家看過兩塊風水地，經過占卜後認為會讓徐家出現有才學的人並且子孫滿堂。後來就出現了一位著名的地理學家徐霞客，徐家的子孫也綿延不絕。明清時期已有「風水師」這個行業，左圖為清朝替人占卜的風水師畫像。美國皮博迪・艾塞克斯博物館藏。

山寨是一種建造了防禦機關的山莊，裡面住的通常是盜賊。但是在《水滸傳》故事中，有些住在山寨裡面的並非盜賊，而是被政府官員陷害的英雄好漢。右圖為《水滸傳》第十回描述林沖雪夜上梁山的插圖。

施耐庵的一生並不順利，由於戰亂，他的足跡遍及各地。《水滸傳》中的梁山好漢，同樣也都是踏訪各地。

山東省觀城鎮是《水滸傳》中「野豬林」的所在地。北宋時期，野豬林經常有野獸出現，導致很多人死亡。而在《水滸傳》中，林沖從汴京發配至滄州時，途中就經過這片樹林，當時隨行的人想對他不利，幸虧魯智深出面營救。

TOP PHOTO

五臺山位於山西省東北部，與普陀山、峨嵋山、九華山合稱為中國四大佛教名山。《水滸傳》中花和尚魯智深打死惡人，為了逃避官兵追捕而到五臺山出家，但後來發生著名的「大鬧五臺山」事件，因此他又從五臺山離開到相國寺。上圖為位於山西忻州台懷鎮的五臺山寺廟群。

野豬林

五臺山

相關的地方

河陽山

白駒場

傳說施耐庵曾經是張士誠部隊的軍師，因為施耐庵的幫助，使張士誠從興化到蘇州的戰爭都十分順利。但兩個人意見逐漸不合，施耐庵便離開張士誠到江蘇的河陽山隱居。後來劉伯溫希望他做官，施耐庵為了拒絕又離開河陽山。

又名白駒鎮，位於江蘇省。由於施耐庵的生平資料較少，因此關於他的出生地有許多猜測，白駒場是其中之一。傳說白駒場是施耐庵的故鄉，也是元朝末年張士誠率領軍隊開始叛變的地方。施耐庵離開河陽山之後便回到白駒場。

淮安位於江蘇省。由於朱元璋認為施耐庵的《水滸傳》隱藏叛變的心理，使施耐庵坐牢一年多。雖然後來劉伯溫與羅貫中幫助他出獄，但是施耐庵身體已經非常衰弱，只能在淮安由羅貫中照顧養病。最後，施耐庵病逝在淮安。

淮安

梁山

梁山，位於山東西南部，周遭有青龍山、鳳凰山等山群。是《水滸傳》中最重要的地方，小說中宋江就是在梁山上聚集一百零八條好漢，開始一連串幫助民眾反抗不良官員的故事。至今梁山上還留有紀念性的古蹟，例如水滸寨。

景陽崗

TOP PHOTO

景陽崗位於陽谷縣張秋鎮，草林茂密，很少人會經過，相傳是眾多野獸會出現的地方。《水滸傳》中武松就是在此處打退老虎。明朝於景陽崗頂部建造了一座「武松廟」，曾遭到毀壞，後來才又重建。上圖為山東陽谷縣的景陽崗景區武松打虎處遺址。

水滸傳

《水滸傳》是以白話文所寫成的章回小說，被明末清初的文學家李漁列入「四大奇書」之一，四大奇書包括了《三國演義》、《西遊記》、《水滸傳》、《金瓶梅》。此外，明末清初的金聖嘆也將其列為「六才子書」之一。六才子書則包括了《莊子》、《離騷》、《史記》、《杜詩》、《西廂記》、《水滸傳》。由此可以看出《水滸傳》在中國文學史上的重要地位。

關於《水滸傳》的由來，一直都是眾說紛紜。一般較為人接受的說法，是由明朝施耐庵所寫成，再由羅貫中編輯潤飾。不過，梁山泊的英雄好漢故事，在南宋時代便已廣泛流傳，早於《水滸傳》所完成的明朝。由此看來，《水滸傳》可說是從既有的民間傳說故事中取材，逐漸添加、改寫、彙編成長篇小說。

在小說的開場〈楔子·張天師祈禳瘟疫，洪太尉誤走妖魔〉中，描述宋朝原本是太平盛世，一直到仁宗嘉祐三年，也就是公元 1058

此殿內鎮鎖著三十六員天罡星，七十二座地煞星，共是一百單八個魔君在裡面。上立石碣，鑿著龍章鳳篆姓名，鎮住在此。若還放他出世，必惱下方生靈。

——《水滸傳·楔子》

年，開始出現了嚴重的瘟疫。

　　洪太尉原本被朝廷派往龍虎山上，打算邀請張天師前往朝廷祭祀祈福，以消解當時盛行的瘟疫。沒想到洪太尉沒見到張天師，認為自己不受尊重而感到憤怒，不管張天師的弟子如何勸說阻擋，仍然擅自強行將「伏魔之殿」裡鎮壓妖魔的封印解開。只見從殿內的無底地洞中，有一股黑氣直衝天際，在空中劃下百道金光，往四面八方散去。這樣奇異的景象，讓洪太尉找來掘洞的眾人嚇得丟下鐵鍬工具，急忙奔逃出來。

　　而這些金光，便是天罡三十六星與地煞七十二星，轉世到人間，成了《水滸傳》中一百零八位好漢。而《水滸傳》的故事背景，便是以北宋由盛轉衰的宋哲宗時期為舞台，描述了平民百姓在艱困的處境中，如何抵抗官府的迫害，群聚結義的故事。

同秉至誠，共立大誓。竊念江等昔分異地，今聚一堂；
準星辰為弟兄，指天地作父母。一百八人，人無同面，
面面崢嶸；一百八人，人合一心，心心皎潔。

——《水滸傳‧第七十回》

　　《水滸傳》的故事結局，是一百零八條好漢在一連串的征戰之
後，終於齊聚梁山泊。然而其中一名好漢盧俊義卻夢見所有的同伴
全遭一個自稱嵇康的官差逮補、斬首，天下又再度恢復太平。這個
夢境似乎預言了梁山泊好漢的末路，與楔子中的神話相互呼應，更
使《水滸傳》蒙上了一層悲劇與神祕的傳奇色彩。

　　根據學者繆天華的研究，現存的《水滸傳》約有四種較重要
的版本，分別是一百十五回本的《忠義水
滸傳》、一百回本的《忠義水滸傳》、
一百二十回本的《忠義水滸全書》，
以及七十回本的《水滸傳》。

　　其中，一百十五回的版本，
文辭較為粗劣、未有潤飾，較

接近原始版本，稱為「簡本」。其他的一百回本、一百二十回本、七十回本，都是經過潤飾的「繁本」，除去了簡本粗糙的詞彙，內容細節也更為豐富生動。

《水滸傳》最迷人之處，在於成功塑造了許多英雄好漢的形象。《水滸傳》裡，例如「智多星」吳用、「神行太保」戴宗、「黑旋風」李逵、「九紋龍」史進、「行者」武松，每一位都有鮮明獨特的性格與各自的精采故事，在讀者心中留下深刻的印象。

此外，《水滸傳》中生動的對話與文句，不僅表現了每個人物的特色，更讓人忍不住反覆誦讀、朗朗上口。正因如此，《水滸傳》還延伸出了豐沛的成語詞彙，像是「大刀闊斧」、「不著邊際」、「逼上梁山」等等，仍然流傳到現在。

《水滸傳》另一個廣受喜愛與流傳的原因，便是為人民發出了「不平之鳴」。看梁山泊好漢劫富濟貧、為民除害，貪官汙吏、流氓惡霸都受到正義的制裁，怎能讓人不痛快！對於一般受到欺壓的小老百姓來說，《水滸傳》成了重要的精神寄託。

林沖

　　林沖在梁山泊好漢中，為天罡星排名第六的「天雄星」。他原本在東京擔任八十萬禁軍的槍術、棒術教練，他的岳父也同為禁軍教頭。林沖「豹頭環眼，燕頷虎鬚，八尺長短身材」的形象，與《三國演義》中的張飛相近，因此林沖的設定，極可能是以張飛為藍本。

　　小說中的林沖裝扮，透過「白玉圈連珠鬢環」、「單綠羅團花戰袍」、「雙獺尾龜背銀帶」、「磕爪頭朝樣皂靴」、「折疊紙西川扇子」的敘述，突顯他光鮮講究、英姿勃發的武官形象，與他後來臉上刺字，衣衫襤褸的階下囚處境，產生強烈對比。

　　林沖在《水滸傳》中的登場，自第六回與魯智深的相遇開始。當時魯智深正徒手將一棵柳樹連根拔起，正巧被路過的林沖看見，出聲叫好。這聲慷慨的喝采，換來與魯智深惺惺相惜的友情。當妻子被欺負後，林沖想要尋仇而未能如願，他的鬱悶心情，透過與魯智深出遊共飲來抒發。個性截然不同的兩人，卻能發展出真摯的友情，義氣相挺、一路扶持。

那官人生的豹頭環眼，燕頷虎鬚，
八尺長短身材，三十四五年紀。

——《水滸傳·第六回》

　　相較於其他狂放不羈的好漢，林沖顯得格外正經拘謹。即便遭到官府冤枉，他仍壓抑自己的怒氣，保持君子風度。就連被押送到滄州途中，遭受官吏的羞辱欺凌，他也只是默默忍受；當好友魯智深要替他出氣，他也不趁機洩憤脫逃。這樣的正派性格，卻讓他吃了更多苦頭，也讓他要上梁山泊當草寇時，比其他好漢面臨了更多道德上的兩難。

　　林沖投靠梁山泊時，梁山泊還只是一群強盜土匪群聚的烏合之眾，當時的領袖王倫，因為擔心林沖的身分實力勝過自己，所以處處為難林沖。林沖當時已走投無路，只得繼續忍氣吞聲。而林沖的妻子因不願屈從高俅義子的逼迫，上吊自縊，一直十分照顧他的岳父也因憂鬱而生病過世。

　　林沖可說是《水滸傳》中最富悲劇色彩的角色，深獲讀者的認同，被視為「官逼民反」的代表人物。

據著我胸襟膽氣，焉敢拒敵官軍，他日剪除君側元兇首惡？今有晁兄仗義疏財，智勇足備；方今天下人，聞其名無有不伏。我今日以義氣為重，立他為山寨之王，好麼？ ——《水滸傳·第十九回》

林沖上了梁山之後，受到當時的領袖王倫的打壓，一直無法有所作為。不過，他卻對梁山泊日後的脫胎換骨，扮演了關鍵的角色。

由於梁山泊在心胸氣度狹小的王倫的帶領下，只是打劫過客的土匪幫，與林沖正直的本性相互牴觸。直到有一天，晁蓋、吳用、公孫勝、劉唐、阮小二、阮小五、阮小七等七位好漢前來梁山泊投靠，讓林沖與梁山泊的命運有了轉變的契機。

其中綽號「托塔天王」的晁蓋，又稱「晁天王」，是家境富裕且深具群眾魅力的地方豪傑。他們七人結成義兄弟，奪取了「生辰綱」，也就是官員搜刮民間自肥的生日禮金，因此成了政府緝拿的對象。碰巧，晁蓋的好朋友宋江在官府任職，得

知了這個消息，私下冒著犯死罪的生命危險通風報信給晁蓋，讓他們七人有機會逃上梁山泊。

當晁蓋、吳用等七人前往梁山泊投靠時，王倫一聽說晁蓋等人因奪取生辰綱的義舉在江湖上聲名大噪，勇猛的表現令人敬畏，深怕自己的地位不保，而不願收留他們。一旁忍耐已久的林沖，對王倫未能禮遇晁蓋，發出了不平之鳴，而將王倫殺害，並認為「晁蓋重義氣又慷慨助人，兼具智慧與勇氣，天下人聽了他的名字沒有不尊敬的。而自己的胸襟和膽識都比不上，無法像晁蓋一樣對抗官兵敵人。」林沖還推辭了擔任寨主機會，謙讓晁蓋坐上梁山泊領袖首位，自己只坐第四位，其心胸氣度獲得了其他好漢的敬重。之後，梁山泊在晁蓋傑出的領導下，逐漸從殺人越貨的強盜，轉變為劫富濟貧、鏟奸除惡的義勇軍。

從林沖的表現來看，我們除了更看出他「能屈能伸」、「明哲保身」的性格，也看得出他「識時務」、「以退為進」的一面。

魯智深

　　魯智深原名魯達，原本在渭州擔任經略府提轄，是一種階級極低的小官。由於面目粗獷凶惡，個性急躁魯莽，純真直接，因此經常造成他人的困擾與恐懼。尤其喝醉發起酒瘋時，更是不可理喻。然而，他卻又十分具有正義感，愛打抱不平，對朋友又重義氣，反而讓他成為一個詼諧、豪邁、富於真情的好漢子。

　　魯智深出家的過程，是《水滸傳》中妙趣橫生的精采段落，充分表現魯智深既天真又魯莽，常常讓人又好氣又好笑的性格。

　　魯達因為聽說一位鄭姓屠夫欺侮了弱女子金翠蓮，見義勇為，結果失手將屠夫打死而被官府通緝。在友人的協助引介下，魯達到了五臺山出家避難。然而，魯達上五臺山，純粹是為了逃避追緝，並沒有出家的誠心；加上看起來面目凶惡，寺廟裡的僧人原本不願意讓魯達剃度入寺，但寺廟裡輩分最高的長老卻有不同的看法。

　　長老燃起一炷香，開始盤膝打坐、入定。燃燒完一炷香的時間

只顧剃度他。此人上應天星，心地剛直。雖然時下凶頑，命中駁雜，久後卻得清淨。證果非凡，汝等皆不及他。可記吾言，勿得推阻。——《水滸傳‧第三回》

之後，長老睜開眼睛，對著其他僧侶說：「將他剃度就是了。這個人與天上的星辰相互感應，心地剛正率直。雖然現在凶狠頑固，命運十分坎坷，長久之後卻會得到清澈的心境，有非凡的修為，你們都比不上他。要記得我說的話，不可推拖阻攔。」其他的僧侶雖然心中不服氣，但因為是長老叮囑，也就不得不遵從，讓魯達剃度入寺，突顯了他不凡的宿命。同時，長老還賜了一個法名「智深」。從此，魯達就成為「魯智深」。

　　魯智深剃度後，忍受不住寺廟中清規戒律的生活，不願遵守生活常規，甚至隨地大小便。他喜歡喝酒吃肉，又常發酒瘋打人鬧事，鬧出不少事端，讓寺廟的僧侶苦不堪言。後來長老只好將他介紹至東京相國寺去看守菜園，也才得以結識林沖，兩人惺惺相惜，結成了義兄弟。

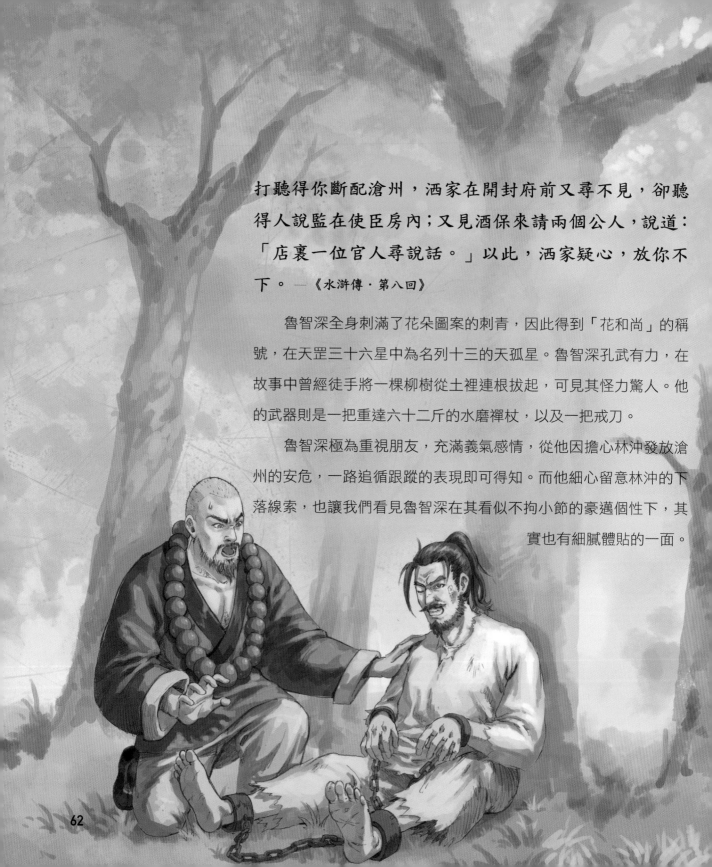

打聽得你斷配滄州，洒家在開封府前又尋不見，卻聽得人說監在使臣房內；又見酒保來請兩個公人，說道：「店裏一位官人尋說話。」以此，洒家疑心，放你不下。 ——《水滸傳·第八回》

　　魯智深全身刺滿了花朵圖案的刺青，因此得到「花和尚」的稱號，在天罡三十六星中為名列十三的天孤星。魯智深孔武有力，在故事中曾經徒手將一棵柳樹從土裡連根拔起，可見其怪力驚人。他的武器則是一把重達六十二斤的水磨禪杖，以及一把戒刀。

　　魯智深極為重視朋友，充滿義氣感情，從他因擔心林沖發放滄州的安危，一路追循跟蹤的表現即可得知。而他細心留意林沖的下落線索，也讓我們看見魯智深在其看似不拘小節的豪邁個性下，其實也有細膩體貼的一面。

在護送林沖到達滄州，兩人分別後，魯智深因此受到高俅的緝捕，逃亡到了青州，結識另一位好漢楊志，並且共同攻下二龍山寶珠寺，當上了二龍山的領袖。他後來更結合桃花山與白虎山的好漢，在青州出兵起義，稱為「三山聚義」。而當時的梁山泊領袖宋江也率領梁山泊好漢支援魯智深，得到了勝利。三山的好漢此後也加入梁山泊，魯智深才又與林沖團聚。

提到「花和尚」魯智深，就不得不提起他在二龍山的夥伴「行者武松」。武松武功高強，力大無窮，為人正義，原本即受當地人的推崇。尤其當他徒手殺了害人的景陽崗大老虎，更成為當地的英雄。只是，後來他因為自己的嫂嫂潘金蓮與西門慶謀害了哥哥武大郎，憤而將嫂嫂殺害，被流放孟州。途中卻又因為仗義助人，得罪了官員，又成了官府緝拿的對象，只好假扮成帶髮修行的「行者」。

「行者武松」和「花和尚魯智深」，這兩位有著相似經歷、同樣藉著出家來逃避官府緝拿的好漢，可說是《水滸傳》中最為人熟知，也最受喜愛的兩個角色。

宋江

宋江在歷史記載中真有其人。他是北宋末年的大盜，憑著三十六人的勢力，經常侵犯山東一地，讓官兵聞之色變。在《宋史》、《東都事略》等史書中，都有相關的記錄，與《水滸傳》中的故事有高度的呼應，可知《水滸傳》中的故事，是以宋江的故事作為參考藍本。

小說中的宋江，字公明，是天罡三十六星之首的「天魁星」，也是《水滸傳》最核心的角色。他的身材矮小，容貌黝黑，被稱為「黑宋江」。加上為人好客豪爽，經常幫助有急難的朋友，無論是錢財或人力上的需求，可說來者不拒，因此又被稱為「及時雨」，意指他如同天上降下的及時雨一般，能周濟萬物；加上又是出了名的孝順與重義氣，也被稱為「孝義黑三郎」。宋江還有另一個綽號為「呼保義」，起因於宋江經常以宋朝最卑微、供人差遣的武官官職「保義」來自稱，顯示了他的謙卑，他人因此稱他「呼保義」。

時常散施棺材藥餌，濟人貧苦，賙人之急，扶人之困。
以此，山東、河北聞名，都稱他做及時雨。

——《水滸傳·第十七回》

　　宋江在上梁山之前，一路落難，卻也一路得到許多好漢相助，
每每逢凶化吉。例如原本應捉拿他到案的「美髯公」朱仝，因宋江
平日對自己的照顧而私自釋放他；「小李廣」花榮為了解救被奸臣
誣陷謀害的宋江，不惜放棄官職，與朝廷對抗；「神行太保」戴宗，
甘冒丟官與性命危險幫助宋江脫罪，四處奔走；「黑旋風」李逵更
為宋江赴湯蹈火，奮不顧身。只要聽見宋江的名號，無論黑白兩道
的好漢，無不伸出援手，禮遇三分，足見宋江為人處事的慷慨大氣
早已名滿江湖，為天下豪傑所景仰。

　　論武功、論長相，宋江或許都不是水滸世界中最出色的角色，
原本僅擔任山東鄆城縣稱為「押司」的小官吏，最後卻能夠成為統
領梁山泊一百零八好漢的一方霸主，正是宋江廣結善緣、重義氣，
深具群眾魅力與領袖氣質的緣故。

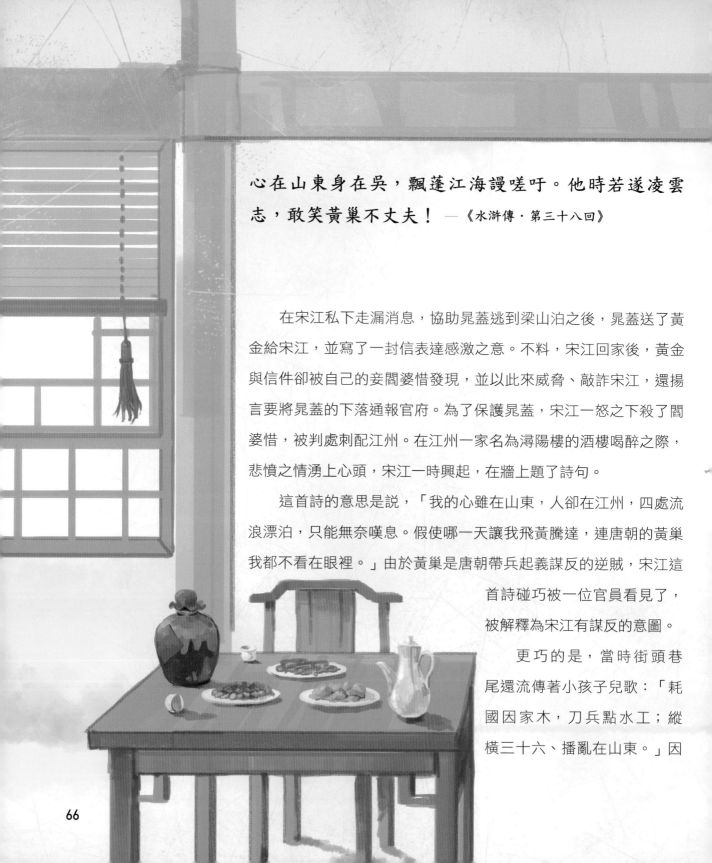

心在山東身在吳，飄蓬江海謾嗟吁。他時若遂凌雲志，敢笑黃巢不丈夫！——《水滸傳·第三十八回》

　　在宋江私下走漏消息，協助晁蓋逃到梁山泊之後，晁蓋送了黃金給宋江，並寫了一封信表達感激之意。不料，宋江回家後，黃金與信件卻被自己的妾閻婆惜發現，並以此來威脅、敲詐宋江，還揚言要將晁蓋的下落通報官府。為了保護晁蓋，宋江一怒之下殺了閻婆惜，被判處刺配江州。在江州一家名為潯陽樓的酒樓喝醉之際，悲憤之情湧上心頭，宋江一時興起，在牆上題了詩句。

　　這首詩的意思是說，「我的心雖在山東，人卻在江州，四處流浪漂泊，只能無奈嘆息。假使哪一天讓我飛黃騰達，連唐朝的黃巢我都不看在眼裡。」由於黃巢是唐朝帶兵起義謀反的逆賊，宋江這首詩碰巧被一位官員看見了，被解釋為宋江有謀反的意圖。

　　更巧的是，當時街頭巷尾還流傳著小孩子兒歌：「耗國因家木，刀兵點水工；縱橫三十六、播亂在山東。」因

「宋」是家頭下面一個木字，「江」是三點水加上一個工字，被解釋為「耗散國家錢糧的人必姓宋，興起刀兵的名字有個江」，當時正好是六六之年，鄆城縣又恰巧在山東，因此宋江詩句中透露造反的意圖，應驗了歌中的預言。於是，官府便派人捉拿宋江，並準備將他斬首處死。

梁山泊的好漢聽聞宋江將被處死的消息，到刑場埋伏，將宋江救上山。宋江加入梁山泊之後，席次列第二把交椅，僅次於晁蓋，並深得晁蓋信任重用。在晁蓋中了朝廷的詭計過世之後，宋江便順理成章成為梁山泊的新領袖，天罡三十六星與地煞七十二星在宋江的號召下，逐漸匯聚梁山泊。

《水滸傳》七十回本的結局，僅寫至一百零八條好漢在宋江的號召下，齊聚梁山泊；但在一百二十回的版本中，劇情則發展至宋江後來接受朝廷招安，並率領梁山泊好漢為國家立下不少汗馬功勞；無奈的是，最後卻遭到奸臣的挑撥，被皇帝御賜毒酒而死，其他梁山泊好漢則非死即散，以悲劇告終。

當水滸傳的朋友

　　如果有溫暖和樂的家庭、安全和諧的社會，誰會願意冒險去當個盜匪呢？但要是當弱小受到欺負，當正義無法獲得伸張，當官府也無法保護平民百姓時，就會有特殊的英雄豪傑出現，成為小老百姓心中的模範與希望。

　　《水滸傳》中梁山泊的一百零八條好漢，就是這樣的人物！

　　在官吏任意欺凌百姓的社會裡，他們各自有著投奔綠林的故事。像是及時雨宋江，為了保護梁山上的好漢們而被發配江州，又因為題詩在牆壁上而被判死罪，受到這些好漢的搭救後，他最後上了梁山，成為統率好漢們的首領。又如禁軍教頭林沖，他的個性正直、武藝絕倫，還有個幸福美滿的家庭，卻因為受到陷害，被流放到滄州，還差點被殺死。

　　他們不是被陷害，就是迫於無奈而犯了罪，然而狠心的官吏卻不肯放過他們，最後能接納他們的地方只有梁山泊。

　　他們不遵守常法，卻不是一般打家劫舍的盜賊。他們身懷絕技，懷抱著行俠仗義的胸襟，希望能憑藉自己的力量，保護弱勢，鏟奸除惡。

　　當《水滸傳》的朋友，你會認識這一群好漢們，有的機智靈敏，有的魯莽善良，有的重情重義，他們會讓你看見什麼是鋤強扶弱。你也會看到黑暗的世界中，總有光明的力量，你會看到失序的社會裡，也會出現溫暖的人心、仗義的豪情。

　　當《水滸傳》的朋友，他們會告訴你，雖然每個人上梁山的原因都不同，但他們所共同擁有的，是希望在混亂的時代裡，守住自己剛毅正直的內心。

我是大導演

看完了水滸傳的故事之後，
現在換你當導演。
請利用紅圈裡面的主題（英雄），
參考白圈裡的例子（例如：正義），
發揮你的聯想力，
在剩下的三個白圈中填入相關的詞語，
並利用這些詞語畫出一幅圖。

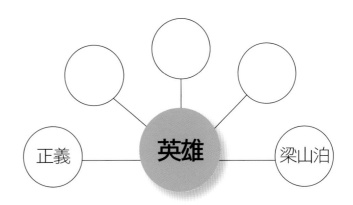

正義　英雄　梁山泊

經典
少年遊

youth.classicsnow.net

◎ 少年是人生開始的階段。因此，少年也是人生最適合閱讀經典的時候。這個時候讀經典，可為將來的人生旅程準備豐厚的資糧。因為，這個時候讀經典，可以用輕鬆的心情探索其中壯麗的天地。

◎ 【經典少年遊】，每一種書，都包括兩個部分：「繪本」和「讀本」。繪本在前，是感性的、圖像的，透過動人的故事，來描述這本經典最核心的精神。小學低年級的孩子，自己就可以閱讀。讀本在後，是理性的、文字的，透過對原典的分析與說明，讓讀者掌握這本經典最珍貴的知識。小學生可以自己閱讀，或者，也適合由家長陪讀，提供輔助說明。

◎ 【經典少年遊】，我們先出版一百種中國經典，共分八個主題系列：詩詞曲、思想與哲學、小說

---

001 世說新語　魏晉人物畫廊
A New Account of Tales of the World: Anecdotes in the Southern and Northern Dynasties
故事／林羽豔　原典解說／林羽豔　繪圖／吳亦之

東漢滅亡之後，魏晉南北朝便出現了。雖然局勢紛亂，但是卻形成了自由開放的風氣。《世說新語》記錄了那個時代裡，那些人物怎麼說話、如何行事。讓我們看到他們的氣度、膽識與才學，還有日常生活中的風雅與幽默。

002 搜神記　神怪故事集
In Search of the Supernatural: Records of Gods and Spirits
故事／劉美瑤　原典解說／劉美瑤　繪圖／顧珮仙

晉朝的干寶，搜集了許多有關神仙鬼怪與奇思異想的故事，成為流傳至今的《搜神記》。別小看這些篇幅短小的故事，它們有些是自古流傳的神話，有的是民間傳說，統稱為「志怪小說」，成為六朝文學的燦爛花朵。

003 唐人傳奇　浪漫的傳說故事
Tang Tales: Collections of Tang Stories
故事／康逸藍　原典解說／康逸藍　繪圖／林心雁

正直的書生柳毅相助小龍女，體驗海底龍宮的繁華，最後還一同過著逍遙自在的生活。唐人傳奇是唐朝的文言短篇小說，內容充滿奇幻浪漫與俠義豪邁。在這個世界裡，我們不僅經歷了華麗的冒險，還得到了如夢似幻的生活。

004 竇娥冤　感天動地的竇娥
The Injustice to Dou E: Snow in Midsummer
故事／王蕙瑄　原典解說／王蕙瑄　繪圖／榮馬

善良正直的竇娥，為了保護婆婆，招認自己從未犯過的罪。行刑前，她許下三個誓願：血濺白布、六月飛雪、三年大旱，期待上天還她清白。三年後，竇娥的父親回鄉判案，他能發現事情的真相嗎？竇娥的心聲，能不能被聽見？

005 水滸傳　梁山好漢
Water Margin: Men of the Marshes
故事／王宇清　故事／王宇清　繪圖／李遠聰

林沖原本是威風的禁軍教頭，他個性正直、武藝絕倫，還有個幸福美滿的家庭，無奈遇上了欺壓百姓的太尉高俅，不僅遭到陷害，還被流放到偏遠地區當守軍。林沖最後忍無可忍，上了梁山，成為梁山泊英雄的一員大將。

---

006 三國演義　風起雲湧的英雄年代
Romance of the Three Kingdoms: The Division and Unity of the World
故事／詹雯婷　原典解說／詹雯婷　繪圖／蔣智鋒

曹操要來攻打南方了！劉備和孫權該如何應戰，周瑜想出什麼妙計？大戰在即，還缺十萬支箭，孔明卻帶著二十艘船出航！羅貫中的《三國演義》，充滿精采的故事與機智心算，記錄這個風起雲湧的英雄年代。

007 牡丹亭　杜麗娘還魂記
Peony Pavilion: Romance in the Garden
故事／黃秋芳　原典解說／黃秋芳　繪圖／林虹亨

官家大小姐杜麗娘，遊賞美麗的後花園之後，受寒染病，年紀輕輕就離開人世。沒想到，她居然又活過來！這到底是怎麼一回事？明朝劇作家湯顯祖的《牡丹亭》，透過杜麗娘死而復生的故事，展現人們追求自由的浪漫與勇氣。

008 封神演義　神仙名人榜
Investiture of the Gods: Defeating the Tyrant
故事／王洛夫　原典解說／王洛夫　繪圖／林家棟

哪吒騎著風火輪、拿著混天綾，一不小心就把蝦兵蟹將打得東倒西歪！個性衝動又血氣方剛的哪吒，要如何讓父親李靖理解他本性善良？又如何跟著輔佐周文王的姜子牙，一起經歷驚險的戰鬥，推翻昏庸的紂王，拯救百姓呢？

009 三言　古今通俗小說
Three Words: The Vernacular Short-stories Collections
故事／王蕙瑄　原典解說／王蕙瑄　繪圖／周庭萱

許宣是個老實的年輕人，在下著傾盆大雨的某一日遇見白娘子，好心借傘給她，兩人因此結為夫妻。然而，白娘子卻讓許宣捲入竊案，害得他不明不白的吃上官司。在美麗華貴的外表下，白娘子藏著什麼秘密？她是人還是妖？

010 聊齋誌異　有情的鬼狐世界
Strange Stories from a Chinese Studio: Tales of Foxes and Ghosts
故事／岑澎維　原典解說／岑澎維　繪圖／鐘昭弋

有個水鬼名叫王六郎，總是讓每天來打漁的漁翁滿載而歸。善良的王六郎不忍永遠陪著漁翁捕魚，好心會有好報嗎？蒲松齡的《聊齋誌異》收錄各式各樣的鄉野奇談，讓讀者看見那些鬼狐精怪的喜怒哀樂，原來就像人類一樣

與故事、人物傳記、歷史、探險與地理、生活與素養、科技。每一個主題系列，都按時間順序來選擇代表性的經典書種。

◎ 每一個主題系列，我們都邀請相關的專家學者擔任編輯顧問，提供從選題到內容的建議與指導。我們希望：孩子讀完一個系列，可以掌握這個主題的完整體系。讀完八個不同主題的系列，可以不但對中國文化有多面向的認識，更可以體會跨界閱讀的樂趣，享受知識跨界激盪的樂趣。

◎ 如果説，歷史累積下來的經典形成了壯麗的山河，【經典少年遊】就是希望我們每個人都趁著年少探索四面八方，拓展眼界，體會山河之美，建構自己的知識體系。少年需要遊經典。經典需要少年遊。

011 説岳全傳　盡忠報國的岳飛
The Complete Story of Yue Fei: The Patriotic General
故事／鄒敦怜　原典解説／鄒敦怜　繪圖／朱麗君

岳飛才出生沒多久，就遇上了大洪水，流落異鄉。他與母親相依為命，又拜周侗為師，學習武藝，成為一個文武雙全的人。岳飛善用兵法，與金兵開戰；他最終的志向是一路北伐，收復中原。這個心願是否能順利達成呢？

012 桃花扇　戰亂與離合
The Peach Blossom Fan: Love Story in Wartime
故事／趙予彤　原典解説／趙予彤　繪圖／吳泳

明朝末年國家紛亂，江南卻是一片歌舞昇平。李香君和侯方域在此相戀，桃花扇是他們的信物。他們憑一己之力關心國家，卻因此遭到報復。清朝劇作家孔尚任，把這段感人的故事寫成《桃花扇》，記載愛情，也記載明朝歷史。

013 儒林外史　官場浮沉的書生
The Unofficial History of the Scholars: Life of the Intellectuals
故事／呂淑敏　原典解説／呂淑敏　繪圖／李遠聰

匡超人原本是個善良孝順的文人，受到老秀才馬二與縣老爺的賞識，成了秀才。只是，他變得愈來愈驕傲，也一步步犯錯。清朝作家吳敬梓的《儒林外史》，把官場上的形形色色全寫進書中，成為一部非常傑出的諷刺小説。

014 紅樓夢　大觀園的青春年華
The Story of the Stone: The Flourish and Decline of the Aristocracy
故事／唐香燕　原典解説／唐香燕　繪圖／麥震東

劉姥姥進了大觀園，看到賈府裡的太太、小姐與公子，瀟湘館、秋爽齋與蘅蕪苑的美景，還玩了行酒令、吃了精巧酥脆的點心。跟著劉姥姥進大觀園，體驗園內的新奇有趣，看見燦爛的青春年華，走進《紅樓夢》的文學世界！

015 閲微草堂筆記　大家來説鬼故事
Random Notes at the Cottage of Close Scrutiny: Short Stories About Supernatural Beings
故事／邱彗敏　故事／邱彗敏　繪圖／楊瀚橋

世界上真的有鬼嗎？遇到鬼的時候該怎麼辦？看看紀曉嵐的《閲微草堂筆記》吧！他會告訴你好多跟鬼狐有關的故事。長舌的女鬼、嚇人的笨鬼、扮鬼的壞人、助人的狐鬼。看完這些故事，你或許會覺得，鬼狐比人可愛多了呢！

016 鏡花緣　海外遊歷
Flowers in the Mirror: Overseas Adventures
故事／趙予彤　原典解説／趙予彤　繪圖／林虹亨

失意的文人唐敖，跟著經商的妹夫林之洋和博學的多九公一起出海航行，經過各種奇特的國家。來到女兒國，林之洋竟然被當成王妃給抓走了！翻開李汝珍的《鏡花緣》，看看他們的驚奇歷險，猜一猜，他們最後如何歷劫歸來？

017 七俠五義　包青天為民伸冤
The Seven Heroes and Five Gallants: The Impartial Judge
故事／王洛夫　原典解説／王洛夫　繪圖／王韶薇

包公清廉公正，但宰相龐太師卻把他看作眼中釘，想作法陷害。包公能化險為夷嗎？豪俠展昭是如何發現龐太師的陰謀？説書人石玉崑和學者俞樾，把包公與江湖豪俠的故事寫成《七俠五義》，精彩的俠義故事，讓人佩服！

018 西遊記　西天取經
Journey to the West: The Adventure of Monkey
故事／洪國隆　原典解説／洪國隆　繪圖／BO2

慈悲善良的唐三藏，帶著聰明好動的悟空、好吃懶做的豬八戒、刻苦耐勞的沙悟淨，四人一同到西天取經。在路上，他們會遇到什麼驚險意外？踏上《西遊記》的取經之旅，和他們一起打敗妖怪，潛入芭蕉洞，恣意冒險！

019 老殘遊記　帝國的最後一瞥
The Travels of Lao Can: The Panorama of the Fading Empire
故事／夏婉雲　原典解説／夏婉雲　繪圖／蘇奔

老殘是個江湖醫生，搖著串鈴，在各縣市的大街上走動，幫人治病。他一邊走，一邊欣賞各地風景民情。清朝末年，劉鶚寫《老殘遊記》，透過主角老殘的所見所聞，遊歷這個逐漸破敗的帝國，呈現了一幅抒情的中國山水畫。

020 故事新編　換個方式説故事
Old Stories Retold: Retelling of Myths and Legends
故事／洪國隆　原典解説／洪國隆　繪圖／施怡如

嫦娥與后羿婚後，有幸福美滿嗎？所有能吃的動物都被后羿獵殺精光，只剩下烏鴉和麻雀可以吃！嫦娥變得愈來愈瘦，勇猛的后羿能解決困境嗎？魯迅重新編寫中國的古代神話，翻新古老傳説的面貌，成為《故事新編》。

經典
少年遊

youth.classicsnow.net

005
水滸傳　梁山好漢
Water Margin
Men of the Marshes

編輯顧問（姓名筆劃序）
王安憶　王汎森　江曉原　李歐梵　郝譽翔　陳平原
張隆溪　張臨生　葉嘉瑩　葛兆光　葛劍雄　鄭培凱

故事：王宇清
原典解說：王宇清
繪圖：李遠聰
人時事地：陽寶頤

編輯： 鄧芳喬 張瑜珊 張瓊文
美術設計：張士勇
美術編輯：顏一立
校對：陳佩伶

企畫：網路與書股份有限公司
出版者：大塊文化出版股份有限公司
台北市10550南京東路四段25號11樓
www.locuspublishing.com
讀者服務專線：0800-006689
TEL：+886-2-87123898
FAX：+886-2-87123897
郵撥帳號：18955675
戶名：大塊文化出版股份有限公司
法律顧問：全理法律事務所董安丹律師

總經銷：大和書報圖書股份有限公司
地址：新北市新莊區五工五路2號
TEL：+886-2-8990-2588
FAX：+886-2-2290-1658
製版：沈氏藝術印刷股份有限公司

初版一刷：2014年3月
定價：新台幣299元